¡CUIDADO, PAJARITO!

Marilyn Janovitz

Traducido por Alis Alejandro

Ediciones Norte-Sur / New York

First Spanish language edition published in the United States in 1997
by Ediciones Norte-Sur, an imprint of Nord-Sud Verlag AG, Gossau Zürich, Switzerland.
Distributed in the United States by North-South Books, Inc., New York.

Library of Congress Cataloging-in-Publication Data is available.

The illustrations in this book were created
with pen-and-ink and watercolor.
Book design and hand lettering by Marilyn Janovitz.

ISBN 1-55858-719-5 (Spanish paperback)
3 5 7 9 PB 10 8 6 4 2
ISBN 1-55858-720-9 (Spanish hardcover)
3 5 7 9 PB 10 8 6 4 2
Printed in Belgium·

Si desea más información sobre este libro o sobre otras publicaciones
de Ediciones Norte-Sur, visite nuestra página en el World Wide Web:
http://www.northsouth.com

A Mario

El caracol se resbaló

y sobre el pajarito cayó.

El pajarito voló

y el sapo se asustó.

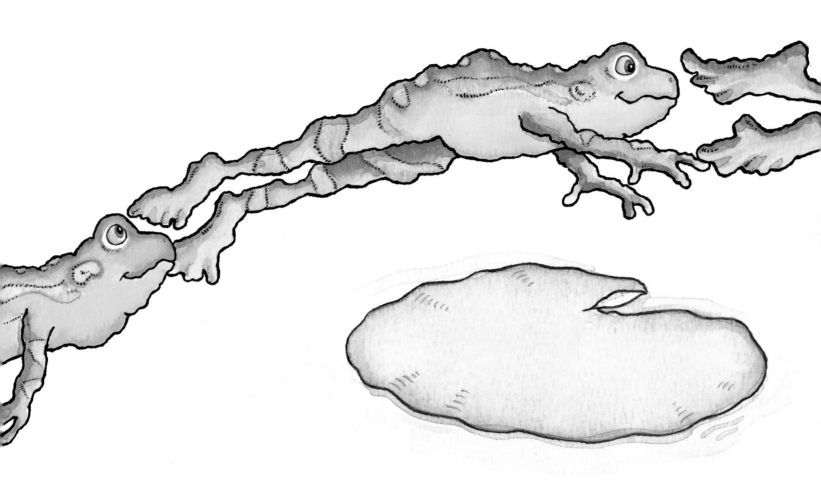

El sapo saltó

y a la tortuga tumbó.

La tortuga nadó

y a la salamandra salpicó.

La salamandra correteó

y al ratón despertó.

El ratón olfateó

y la abeja se enojó.

La abeja bajó

y al castor picó.

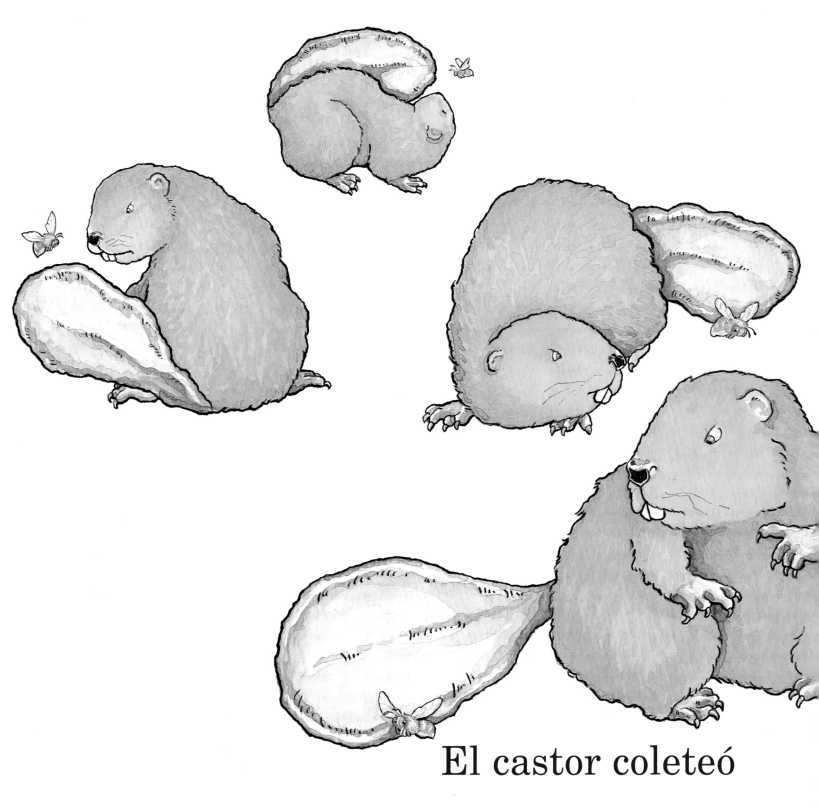

El castor coleteó

pero a la serpiente tocó.

La serpiente serpenteó

y con el escarabajo tropezó.

El escarabajo se tambaleó

y a la rana cosquilleó.

La rana brincó

y al pato empujó.

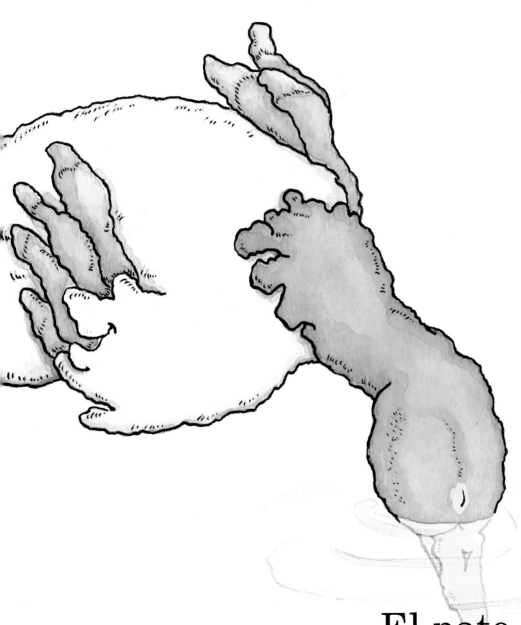

El pato se zambulló

y al pez revoleó.

El pez chapoteó

y a la polilla mojó.

La polilla aleteó

y el caracol se alarmó.

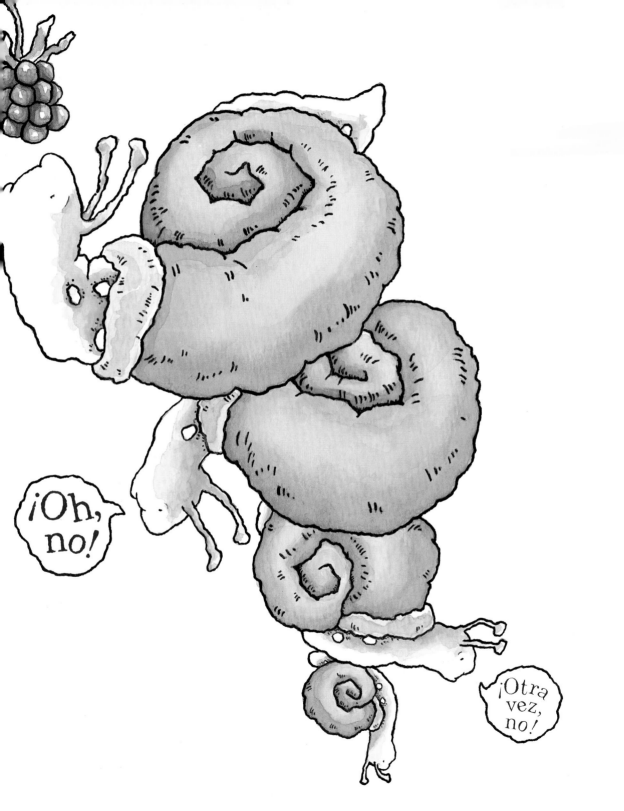